EL BARCO  DE VAPOR

El empollón, el cabeza cuadrada, el gafotas y el pelmazo

Roberto Santiago

 Joaquín Turina, 39 28044 Madrid

Primera edición: mayo 1999
Quinta edición: febrero 2001

Dirección editorial: María Jesús Gil Iglesias
Colección dirigida por Marinella Terzi
Cubierta e ilustraciones: Chema García

© Roberto Santiago, 1999
© Ediciones SM, 1999
   Joaquín Turina, 39 - 28044 Madrid

Comercializa: CESMA, SA - Aguacate, 43 - 28044 Madrid

ISBN: 84-348-6557-2
Depósito legal: M-1281-2001
Preimpresión: Grafilia, SL
Impreso en España/*Printed in Spain*
Imprenta SM - Joaquín Turina, 39 - 28044 (Madrid)

No está permitida la reproducción total o parcial de este libro, ni su tratamiento informático, ni la transmisión de ninguna forma o por cualquier medio, ya sea electrónico, mecánico, por fotocopia, por registro u otros métodos, sin el permiso previo y por escrito de los titulares del *copyright*.

LUNES

Las Votaciones de Fin de Curso

Antes de nada, voy a decir un par de cosas sobre mi colegio. Mi colegio está lleno de niños y niñas. Eso no es ninguna novedad, desde luego. Pero voy a decir otra cosa: de todo el montón de niños y niñas que hay en mi colegio, no hay ni uno solo que no esté muerto de miedo cuando llegan las Votaciones de Fin de Curso.

No estoy hablando de los exámenes finales ni nada de eso. Estoy hablando de algo mucho más importante. Al fin y al cabo, en los exámenes son los profesores quienes te ponen las notas, pero en las votaciones no. En las votaciones son tus amigos, tus amigas, todos tus compañeros, quienes deciden si eres un tonto del bote o alguien con el que merece la pena seguir contando.

Es como colgar una foto tuya en mitad del patio para que todos digan lo que piensan de ti. Algo así.

Y a veces no es muy divertido.

El año pasado quedé el tercero más votado en la categoría de PELMAZOS. Y eso ya fue bastante horrible. Tuve que soportarlo todo un año. Cada vez que alguien me hablaba para pedirme unos apuntes o para decirme que si quería jugar al fútbol o para cualquier cosa, sabía perfectamente lo que estaba pensando al mirarme: «Eres el tercero más pelmazo, eres el tercero más pelmazo...».

Así durante trescientos sesenta y cinco días.

No hace falta que os diga lo mal que lo pasaron los dos que quedaron por delante de mí.

En teoría, las Votaciones de Fin de Curso están prohibidas. Nadie sabe quién se las inventó, ni por qué. Pero desde que se enteró, el jefe de estudios las tiene totalmente prohibidas en el colegio. Claro que también está prohibido copiar, y el noventa y nueve por ciento de la gente que yo conozco ha copiado en algún examen al menos una vez.

El caso es que en cuanto llega el mes de mayo, en el colegio no se habla de otra cosa.

Se llaman las Votaciones de Fin de Curso, pero en realidad no se hacen al final de curso. Se hacen más o menos un mes antes de que termine el curso. A lo mejor es para que no coincidan con los exámenes de junio. O a lo mejor es para poder reírse durante un mes entero de los que salimos en algunas categorías de las votaciones. O a lo mejor no es por nada de eso y es una pura casualidad que sean en mayo.

No quiero parecer exagerado. Es sólo que si nunca habéis vivido unas Votaciones de Fin de Curso, no creo que podáis entenderme. Al menos, no de momento.

Antes de seguir, lo mejor será que me presente. Mi nombre es Matías, siempre suspendo matemáticas y soy el tercero más pelmazo de mi colegio.

Hay diez categorías.

Algunas buenas, en las que casi siempre están los mismos, y algunas malas, en las que también casi siempre están los mismos. También hay algunas que no estoy seguro si son buenas o malas, pero, en cualquier caso, en éstas también están siempre los mismos. Las cosas no suelen cambiar mucho de un año a otro.

Claro, que uno siempre tiene esperanzas. Éstas son las diez categorías de las Votaciones de Fin de Curso:

- EMPOLLONES
- CABEZAS CUADRADAS
- PELOTAS
- CHIVATOS
- LIGONES
- PELMAZOS
- DIVERTIDOS
- MATONES
- GUAPOS Y GUAPAS
- FEOS Y FEAS

Como podéis ver, la de pelmazos no es la peor ni de lejos. Los chivatos y los pelotas se llevan la palma. Son las dos categorías que te dejan frito. Una vez que entras en una de ésas es muy difícil salir.

Luego están las de cabezas cuadradas, empollones, feos y feas, y sí, ya lo sé, la de los que no tenemos ninguna gracia: los pelmazos. Esas cuatro son bastante malas. Aunque siempre te puedes consolar pensando en que hay otras peores.

La de matones la pongo aparte. Porque al principio puede parecer mala; nadie quiere que le llamen matón. Pero, a diferencia de las otras, no es nada fácil entrar en esta categoría. Hay que haber zurrado a unos cuantos para que te voten como uno de los matones del colegio. Todo el mundo les tiene miedo a los matones.

Y luego están las tres categorías de oro, sólo reservadas para los más populares del colegio, aquellos con los que todo el mundo quiere ir. Los ligones, los guapos y guapas, y los divertidos. La mayoría suelen tomarse a risa las votaciones. A cualquiera que preguntes, te dirá: «Bueno, qué tontería, los guapos, ja, ja, pero qué tontería...». Pero, en el fondo, todos en el colegio estaríamos dispuestos a dar cualquier cosa por aparecer en una de las tres categorías de oro.

Cualquier cosa.

Mi mejor amigo, Óscar, está gordo como un barril y el año pasado también apareció en las listas. Le votaron como el tercero más cabeza cuadrada del colegio. Eso de cabeza cuadrada es un poco raro. Puede significar cualquier cosa. Puede significar, por ejemplo, que eres un cabezota o algo así. Pero también puede significar que no te enteras de nada. O incluso que tienes la cabeza muy grande. No sé.

Yo creo que no significa nada concreto; es una manera de decir que te andes con ojo si no quieres pasar directamente a formar parte de los pelotas o los chivatos. Es como estar con un pie dentro y otro fuera.

Al menos, mi amigo Óscar y yo tenemos algo en común: los dos quedamos terceros en una categoría.

—Yo no entiendo por qué me han votado —dijo Óscar el año pasado.

—Yo tampoco —dije yo.

Y es que eso es lo peor.

Nunca puedes saber si te van a votar o no. Siempre, hagas lo que hagas, corres el riesgo de aparecer en una de las listas de las Votaciones de Fin de Curso.

No estoy seguro de si es peor cuando ya sabes que estás, o los días antes, cuando simplemente estás muerto de miedo por si acaso vas a estar.

Yo este año esperaba no aparecer en ninguna categoría.

Sólo eso.

Ni en las buenas ni en las malas.

Me conformaba con que nadie se acordase de mí.

Es lo que pasa siempre.

Cuando menos te lo esperas, ¡ZAS!, empieza todo.

Estábamos en el examen de repesca de matemáticas.

Don Julio es el profesor de matemáticas y siempre hace un examen de repesca a los que suspendemos, antes de dar las notas definitivas. Es el único profesor que lo hace. Claro que, a pesar de la repesca y todo, matemáticas es la asignatura en la que más suspensos sigue habiendo.

Rodrigo es el delegado de mi clase y cuando hay que repartir alguna cosa, siempre es él quien la reparte.

Así que don Julio le dio a él las hojas de los exámenes y Rodrigo empezó a repartirlas a los que teníamos que hacer el examen, que éramos casi todos menos unos pocos que habían aprobado y que tenían hora libre para estudiar o para hacer lo que quisieran.

Don Julio es muy maniático para los exámenes, y tienes que contestar todo lo que te pregunta en las hojas que él te da. No puedes usar ninguna otra hoja, conque más te vale andarte con cuidado y no llenar el folio de tachones.

Cuando Rodrigo llegó a mi lado, sólo pensaba en que tenía que haber estudiado más y que, por muy fácil que fuera el examen, era casi imposible que yo aprobara.

Rodrigo me dio tres hojas. Las cogí sin prestar atención.

En la primera hoja había escritos tres problemas y una pregunta de teoría. En la parte de abajo don Julio había puesto a mano una nota: «¡Ojo: recuerda que sólo puedes utilizar estas dos hojas!».

¿Dos hojas?

Miré la segunda hoja, y era una hoja en blanco con una firma en la parte de arriba, igual que las que siempre nos daba don Julio para los exámenes.

Y después la vi.

Saqué la hoja número tres y la vi.

Ya podéis adivinar de qué se trataba.

Estaba todo escrito a máquina y perfectamente en mayúsculas.

Vi a Rodrigo al fondo de la clase terminando de repartir las hojas y pensé que disimulaba muy bien. Don Julio no podía ni imaginarse que, al mismo tiempo que repartía sus exámenes de repesca, Rodrigo nos estaba entregando la hoja para las Votaciones de Fin de Curso.

Ahí estaban. Las mismas diez categorías de todos los años, con un espacio en blanco detrás de cada una para que pusieras el nombre de un chico o de una chica del colegio.

Al igual que la hoja del examen, abajo también había una nota escrita a mano. Bueno, una nota no. Dos notas.

En la primera ponía: «Votaciones de Fin de Curso: Rellena todas las categorías y entrega la hoja al delegado de tu clase».

Y en la segunda: «Fecha tope para entregar la hoja: VIERNES 15 DE MAYO A LAS 12 DEL MEDIODÍA».

Era lunes. Había toda una semana para pensárselo bien antes de entregar la lista de las votaciones.

Volví a mirar a Rodrigo, que ya estaba sentado en su mesa, y descubrí que él también me estaba mirando.

Parecía que sonreía.

Cuando le miré, él dejó de mirarme y se puso a escribir. No sé si se pondría a escribir el examen de matemáticas o si estaría rellenando ya la hoja de las votaciones.

Me imaginé que si me estaba mirando era porque iba a poner mi nombre en alguna categoría, y me empecé a poner un poco nervioso. Tuve muchas, muchísimas ganas de levantarme y mirar a ver qué estaba poniendo.

Después miré al resto de la clase. Nadie hacía ningún comentario. Claro, se suponía que estábamos en medio de un examen.

Aunque estoy seguro de que en ese momento nadie pensaba en el examen.

Posiblemente la repesca de matemáticas de esta evaluación iba a tener muchos suspensos. Más aún que otras veces.

Durante el recreo, todo el mundo hacía corrillos en el patio.

Estaba claro que las Votaciones de Fin de Curso estaban en marcha. Y las deliberaciones ya se estaban haciendo en pequeños grupos.

Yo estaba detrás de una de las porterías del campo de fútbol, sentado con mis amigos. Estaba mi amigo Óscar comiéndose trescientos o cuatrocientos *donuts* de chocolate; estaba Hinojar, que es el empollón más empollón de mi clase y que siempre aparece en la lista de las votaciones, y estaba García Cano, que tiene dos dientes enormes que le salen de la boca como dos raquetas de tenis y que siempre lleva unas gafas de culo de botella. Nadie le llama García Cano, ni Emilio, que es como en realidad se llama; todos le llaman gafotas o, lo que es más habitual, no le llaman de ningún modo. Por supuesto, García Cano aparece siempre en la categoría de FEOS Y FEAS. Incluso hace dos años quedó el primero.

Ésos son mis amigos. Mis tres mejores amigos.

—Es por mi madre —dijo García Cano.

—¿El qué? —dijo Óscar.

—Pues eso..., lo de las gafas —dijo García Cano.

—Pero es que son tan grandes... Son las gafas más grandes que he visto en mi vida —volvió a decir Óscar.

—Ya, pero tengo muchas dioptrías y mi madre dice que como se me ocurra ir sin gafas, me voy a quedar ciego cuando sea mayor.

Hinojar, que por algo es el empollón y que siempre tiene una explicación para todo, dijo:

—Te puedes cambiar la montura de las gafas por otras más pequeñas. Lo importante no es el tamaño de las gafas, sino que las lentes estén graduadas.

—Lo de las *dioptrías* esas qué es... ¿Como unos bichos o qué? —dijo Óscar.

—No digas tonterías; las dioptrías son una manera de medir la miopía en los ojos —dijo Hinojar.

—Mi madre dice que si me pongo otras gafas, seguro que se me rompen —dijo García Cano—. Dice que soy un desastre y que estas gafas tan gordas son las más resistentes y las mejores para mí.

—Yo creo que deberías convencer a tu madre de que ahora hay gafas mucho más pequeñas que no se rompen ni nada —dijo Hinojar.

—Pues será lo que tú dices, pero a mí es que me suena como a gusanos o lombrices o algo así... Dioptrías... Puaaaj... —dijo Óscar.

—No creo que convenza a mi madre para que me cambie las gafas —dijo García Cano.

Yo no decía nada porque no tenía ganas de decir nada.

Sólo pensaba en las votaciones y en que García Cano seguro que volvía a aparecer en la categoría de los feos, como siempre, aunque se cambiara de gafas, y en que casi seguro que, por algún motivo que yo no comprendía, mis tres mejores amigos y yo íbamos a tener muchos votos. Y no precisamente para las categorías de oro.

Vaya cuatro.

Todo el mundo nos vería juntos allí sentados, en el patio, y pensarían: «Ahí están, el cabeza cuadrada, el empollón, el gafotas y el pelmazo». No era justo, pero, al fin y al cabo, quién habla de justicia. Estamos hablando de algo mucho más gordo que la justicia, estamos hablando de las Votaciones de Fin de Curso.

Tengo que reconocer que por un momento pensé que si cambiaba de amigos, tal vez ya no me votarían como uno de los pelmazos. Es una idea que me pasó por la cabeza un momento.

—Voy a dar una vuelta por ahí —dije, y me puse en pie.

—¿Tú has visto alguna vez una de esas dioptrías o como se llamen, Matías? —me preguntó Óscar.

—Pero qué bruto eres —dijo Hinojar.

—Y tú qué listillo...

Creo que siguieron discutiendo un rato.

Pero yo ya no estaba a su lado. Estaba atravesando el campo de fútbol. Huyendo de allí.

Al salir de clase para ir a comer, Óscar y yo, que siempre hacemos juntos el camino de vuelta a casa, nos encontramos con Lola y con su amiga Martita. Lola está en mi clase y yo no entiendo por qué no aparece siempre en la categoría de las más guapas. Yo, desde luego, siempre la voto a ella. Es rubia y tiene dos coletas muy largas que le cuelgan por la espalda.

Normalmente, Lola no va por el mismo camino que Óscar y yo a su casa, pero ese día sí porque, por lo visto, iba a comer a casa de Martita.

Lola se puso a mi lado y me preguntó qué tal me había salido el examen de matemáticas.

Creo que era la primera vez en todo el curso que Lola me decía algo.

Es lógico: nadie quiere hablar con los pelmazos, y menos aún las chicas guapas del colegio.

—¿Qué tal te ha salido el examen de matemáticas? —me dijo.

Yo la miré y de repente pensé que Lola me gustaba mucho. Lo pensé así, de golpe, sin pensarlo. Suponiendo que pueda pensarse una cosa sin pensarla.

El caso es que por un momento, aunque fuera un momento muy pequeño, todo lo demás me daba igual.

Sólo estábamos Lola y yo.

—Bueno, ¿qué tal te ha salido? —volvió a decir Lola.

Martita iba a su lado y creo que se reía.

Supongo que se reía porque se dio cuenta de que yo estaba muy nervioso.

—Es que me gusta mucho —dije.

—¿El qué, las matemáticas? —dijo Lola.

—No, no..., eso no... ¿Cómo me van a gustar las matemáticas?

Ya no sabía muy bien lo que estaba diciendo.

Para una vez que podía hablar con Lola, creo que lo estaba estropeando.

Mientras seguíamos andando, me di cuenta de que Óscar ya no estaba a nuestro lado.

—Entonces, ¿qué es lo que te gusta? —dijo Lola.

Martita se reía cada vez más.

Me encogí de hombros.

No tenía ni idea de qué decir.

—No lo sé —dije.

—¿No lo sabes? —dijo Lola.

—Es que Matías es un poco..., un poco... —empezó a decir Martita.

Pelmazo. Matías es un poco pelmazo. Seguro que lo decía. Seguro que lo estaba pensando. «Venga, vamos, dilo de una vez», pensé.

—Raro. Matías es un poco raro —dijo Lola.

—Eso. Raro —dijo Martita moviendo la cabeza de un lado a otro.

Supongo que raro es mejor que pelmazo. No mucho mejor, pero sí un poco mejor.

Yo seguía allí, andando y sin tener ni idea de qué más podía decir.

Lola volvió a mirarme.

—No lo sé —dije.

¿Dónde se había metido Óscar? ¿Por qué me dejaba solo en una situación como ésa?

—¿Y tu amigo? —dijo Martita, como si estuviera leyéndome el pensamiento.

Seguramente Óscar se había asustado todavía más que yo y se había escondido detrás de cualquier coche. Óscar nunca habla con las chicas. Se pone rojo y parece que va a explotar.

No es que a mí se me dé muy bien hablar con las chicas, pero, comparado con Óscar, soy una especie de ligón.

Claro que no iba a soltarles todo ese rollo a Martita y Lola, ni a decirles que Óscar estaría por ahí temblando, escondido en cualquier esquina.

Así es que las miré y dije lo único que podía decir:

—No lo sé.

Unos metros más adelante, Lola y Martita se metieron por una calle a la derecha y me dijeron «hasta luego».

—Hasta luego —dijo Lola.

—Hasta luego —dije yo.

—Por lo menos sabes decir otra cosa además de «no lo sé» —dijo Lola.

Y después de decir eso, se fueron.

Yo me quedé mirándolas un segundo.

Desde luego, mi reputación de pelmazo no las había defraudado. Eso era seguro.

Lo que ya no era tan seguro es que Lola volviera a hablar conmigo.

¿Qué es eso de pelmazo?

Pelmazo: aguafiestas, rollazo, pesado, aburrido, plasta, sin gracia ni nada.

Pelmazo: alguien a quien nunca invitarías a una fiesta ni a ningún otro sitio divertido.

Pelmazo: Matías.

Pelmazo, pelmazo, pelmazo.

Éstas son las diez cosas que menos me gusta hacer, pero sería capaz de hacerlas todos los días con tal de no aparecer en la lista de los pelmazos: hacer los deberes de matemáticas, recoger mi habitación, ir a comprar el pan, ponerme el gorrito rojo de lana en invierno, lavarme los dientes, acostarme temprano, ir a clases de natación, dejar que mi abuela me dé ochenta besos cada vez que me ve, quitar la mesa después de comer y, sobre todo, sobre todo, comer higadillos, sesos y esas cosas repugnantes que tanto le gustan a mi hermana pequeña.

De verdad. Sería capaz de comerme veinte kilos de higadillos.

Lo peor de ser un pelmazo es que todo el mundo piensa que eres un pelmazo. Quería hacer algo muy gordo para que todos se enterasen de que yo no era un pelmazo.

Hasta el viernes a las dos, tenía casi cuatro días para convencer a todo el mundo de que yo no era un rollo, ni un pelmazo, ni nada de eso. Para convencerlos de que no lo era y, sobre todo, de que no tenían que votarme.

No tenía nada que perder.

Iba a hacer algo gordo.

Muy gordo.

MARTES

MATÍAS ES UN INÚTIL

Matías es el mejor.

Ya, ya sé que la frase no es muy original. Y también que puede entenderse de muchas maneras. Incluso que no está muy clara: el mejor, sí, pero ¿el mejor en qué?

Todo eso ya lo sé.

Pero cuando uno está desesperado, toma soluciones desesperadas: MATÍAS ES EL MEJOR.

Fui a ver a mi abuela y le pedí por favor que me diera por adelantado el dinero que siempre me da en mi cumpleaños.

Mi abuela me dijo que para mi cumpleaños todavía faltaban seis meses.

Le dije que sí.

Después se tocó la nariz y me dijo que tenía que organizarme mejor.

Le dije que sí.

Me dijo que no podía jugar con el dinero como si fuera cualquier cosa.

Le dije que sí. O sea, que no. Vamos, que lo que ella dijera.

Y, por último, me dijo que tenía que estudiar mucho si quería ser alguien de provecho el día de mañana.

Sin dudarlo, también le dije que sí.

Eso de ser alguien de provecho lo dice mi abuela siempre, aunque no tenga nada que ver con lo que estemos hablando.

El caso es que al final me dio el dinero.

Y con el dinero pude comprar algunas cosas: seis botes de pintura roja y una brocha. Y todavía me sobró un poco.

Esto es exactamente lo que hice.

A la mañana siguiente me levanté muy temprano y les dije a mis padres que me tenía que marchar porque había una clase de recuperación especial.

Metí la pintura y la brocha en la mochila y me fui.

Cuando llegué a mi colegio era muy pronto y todavía no lo habían abierto. Así es que salté la valla de la puerta.

Me aseguré de que no había nadie en el patio.

Me subí a las gradas, saqué la pintura y la brocha y empecé.

En el patio de mi colegio hay un muro muy grande detrás del campo de fútbol. Es un muro de cemento enorme.

No se me dan muy bien el dibujo ni los trabajos manuales, pero por una vez puse todo el interés en que las letras me salieran lo más rectas posible. Primero una M gigante, casi tan grande como yo. Y no es que yo sea muy alto, más bien al revés, pero para una M no está nada mal mi estatura. Después una A. Luego una T. En la T la pintura se me corrió un poco. Una I, otra A, una S..., una E, otra S..., y justo cuando terminé la segunda S las cosas empezaron a torcerse un poco. Y no estoy hablando sólo de las letras.

Lo que se torció fue mi proyecto: escribir en letras mayúsculas y rojas MATÍAS ES EL MEJOR en el muro del campo de fútbol. Para que todo el mundo lo viera al llegar a clase.

No sé muy bien lo que habría pasado si lo hubiera conseguido.

Luego pensé que lo más seguro es que todos se hubieran reído de mí. Pero a lo mejor no. A lo mejor les habría hecho gracia. Quién sabe.

Yo sólo quería hacer algo gordo.

Hacer algo gordo y ver qué pasaba.

El caso es que, cuando llevaba escrito MATÍAS ES, apareció el Luengos y me pilló en plena obra. El Luengos es el profesor de lengua y el único profesor, que yo sepa, que siempre repite las cosas dos veces.

—¿Qué haces, Matías, qué haces? —dijo.

Me había puesto de puntillas para llegar más alto en el muro, y al escuchar su voz detrás de mí, casi me caigo de la grada. Casi me caigo al suelo.

Me di la vuelta y metí el pie dentro del bote de la pintura.

—Pero ¿estás tonto o qué? —dijo el Luengos.

—Di, ¿estás tonto o qué? —repitió.

Allí estaba yo. A las ocho de la mañana, con un pie empapado en pintura roja y con un letrero absurdo a medio pintar en el patio de mi colegio.

El Luengos es el profesor de lengua, pero además es un tío muy gracioso, mucho más que yo, por lo que se ve. Se le ocurrió una cosa graciosísima. Para castigarme por hacer pintadas en el colegio, me obligó a que terminara mi propia pintada. Sólo que cambiando un poco la frase. En lugar de MATÍAS ES EL MEJOR, se le ocurrió que tenía que poner MATÍAS ES UN INÚTIL.

Así dicho no sé cómo sonará, pero puedo asegurar que escrito en letras rojas en el sitio que más se ve del colegio, suena muy, muy mal.

El Luengos me obligó a dejar la pintada allí durante todo el día, a la vista de alumnos, profesores, padres y cualquiera que pasara por el patio.

El día fue muy movidito.

Desde primera hora tuve que soportar muchas, muchísimas tonterías.

Y por si no había tenido suficiente con eso, a la salida de clase, a las seis de la tarde, tuve que quedarme en el patio para borrar la pintada.

Ahora ya todo el mundo en el colegio sabía que yo no era sólo un candidato más a la categoría de pelmazos, sino el principal candidato. Suponiendo que, después de aquello, no pasara directamente a la de cabezas cuadradas o a otras peores.

MATÍAS ES UN INÚTIL...

Si mi abuela hubiera podido ver en qué me había gastado su dinero, creo que se habría quedado con la boca abierta tres o cuatro semanas, y después me habría dicho: «Tienes que estudiar más si quieres ser alguien de provecho el día de mañana».

Voy a decirlo: Hinojar es un tío muy raro.

Claro, que eso de los raros ya se sabe que es muy relativo. Lola y Martita también me dijeron que yo era raro.

A Hinojar le conocí el año pasado. Llegó nuevo al colegio y enseguida nos hicimos amigos. Yo creo que uno no elige a sus amigos. Es una cosa que pasa y cuando te das cuenta ya está. O eres amigo o no lo eres, y no hay que darle más vueltas.

Mientras estaba borrando la pintada del patio, muchos chicos de otros cursos se paraban delante de mí y me señalaban. La mayoría simplemente se reía un poco y después de un rato se marchaba. El resto no se reía un poco; el resto se partía de risa.

Yo trataba de no pensar mucho en lo que estaba ocurriendo a mi alrededor. Frotaba la pintura con una especie de esponja que me había dado el Luengos. Me había dicho que primero frotara con fuerza y que luego tapara las letras con una capa de pintura negra.

Podía tener para dos o tres horas.

Entonces Hinojar se puso a mi lado y me preguntó si podía ayudarme.

—¿Puedo ayudarte? —dijo.

Yo le miré.

Luego miré a los que miraban la pintada y me miraban a mí.

—¿Estás seguro? —dije.

Hinojar cogió otra esponja que había en el cubo y empezó a frotar.

Dijo:

—Hasta las ocho no tengo nada que hacer.

Llevo las sociales y las matemáticas bastante adelantadas.

No le dije nada en ese momento, pero le di las gracias.

De verdad que le di las gracias.

Mientras limpiábamos aquello, hablamos de algunas cosas. Hablamos, por ejemplo, de las votaciones. Según Hinojar, a él no le importaba aparecer en la categoría de los empollones.

—Creo que no me importa —dijo.

—Pues a mí sí me importa —dije yo.

—Eso de los empollones no está tan mal —dijo—. Es como decir que eres el que mejores notas sacas, pero de otra forma.

—Claro, claro.

No sé si Hinojar estaba tratando de convencerme o si estaba tratando de convencerse a sí mismo.

—Yo creo que la categoría de los empollones, en el fondo, es una de las mejores —dijo.

Por un momento no estuve seguro de si hablaba en serio o no.

Entre los dos íbamos bastante más rápido borrando la pintada.

Pero ahí no terminó la cosa.

García Cano y Óscar llegaron juntos.

Se acercaron al muro mirando hacia el suelo. Igual que los avestruces que salen en los documentales de la tele, que cuando tienen miedo esconden la cabeza debajo de la tierra pensando que así nadie las va a ver. A Óscar y a García Cano, por mucho que escondieran la cabeza, el resto de los chicos sí que los vieron, ya lo creo.

Óscar no dijo nada. Se puso a mi lado y empezó a frotar.

García Cano dijo:

—Entre los cuatro acabaremos antes.

Y también empezó a frotar.

En el patio hubo una especie de murmullo. Y también risas. Más risas. Me imaginé la cantidad de cosas que estarían diciendo de nosotros cuatro: el empollón, el cabeza cuadrada, el gafotas y el pelmazo. Los cuatro inútiles. Los amiguitos de Matías...

No sé.

A uno le pueden llamar pelmazo y le pueden llamar de todo, y eso te puede hacer daño.

Mucho daño.

Pero mientras tengas un amigo cerca, aunque sea un empollón o un gafotas o un cabeza cuadrada, todo puede aguantarse un poco mejor.

No demasiado mejor, pero sí un poco.

Y eso ya es algo.

Ahora quedaban veinticuatro horas menos para las votaciones, y yo cada vez estaba más cerca de aparecer en las listas. Mucho más cerca.

Había perdido un día entero con lo de la pintada.

Aunque esa noche todavía iban a ocurrir más cosas.

Cosas que yo, mientras cubría de pintura negra la palabra INÚTIL, no podía ni imaginarme.

Esa misma noche, Óscar vino a cenar a casa.

Mi madre dijo que se alegraba mucho de

que viniera Óscar, pero que eso no quería decir que yo no tuviera que poner la mesa.

Así es que, después de habernos pegado una paliza borrando la pintada, Óscar y yo pusimos la mesa.

Óscar a veces viene a casa. Y otras veces voy yo a su casa.

Mi madre y la suya hablan de vez en cuando y sobre todo hablan de nosotros. Les gusta mucho decir cosas como «pues Matías últimamente no sé qué le pasa, pero es que no estudia nada», o «pues mi Óscar se pasa el día pegado a la tele, es una cosa...». Les gusta más que nada en el mundo hablar de nosotros como si fuéramos cromos de esos que a veces te salen repetidos y que puedes intercambiarlos.

—¿Dónde te metiste ayer?

Le pregunté a Óscar.

—¿Ayer?

Dijo él, como si no supiera de qué le estaba hablando.

—Sí, sí, ayer cuando volvíamos a casa. Cuando llegaron Lola y Martita desapareciste —dije.

Óscar sacó unas servilletas del cajón y, mientras la estrujaba como si estuviera estrujando el cuello de alguien, dijo:

—Tuve que irme.

Sólo eso:

—Tuve que irme.

Es todo lo que me dijo. Y por mucho que intenté explicarle que hay que hablar con las chicas, que así no íbamos a conseguir nada, y que especialmente ahora que las Votaciones de Fin de Curso estaban tan cerca había que ser más simpático, él no quiso decir nada más sobre el tema.

Supongo que cada uno es como es.

Al fin y al cabo, me había ayudado con lo de la pintada, y eso ya era más de lo que podía pedirse a un buen amigo.

Justo antes de cenar, sonó el teléfono y yo lo cogí pensando que sería para mi madre. A esa hora suele llamar mi abuela casi todos los días. O que quizá sería Hinojar para recordarme que no me olvidara de los deberes de lengua para el día siguiente. Hinojar, igual que mi abuela, también suele llamar casi todos los días a la misma hora.

Lo que no podía imaginar ni de lejos es que era una chica de mi clase.

Y que llamaba para hablar conmigo.

Dos conversaciones con dos chicas en dos días seguidos. La cosa empezaba a ponerse emocionante.

—¿Está Matías? —dijo ella.

—¿Cómo? —dije yo.

—¿Eres tú, Matías? —dijo ella.

—Sí, soy yo. Y tú eres... —dije yo.

—Ya sabes quién soy. Soy Martita —dijo ella.

Era Martita. Llamándome a mi casa a las nueve de la noche. Lo primero que pensé fue de dónde habría sacado mi número de teléfono. Lo segundo que pensé fue si estaría en ese momento con Lola.

—Es Martita —le dije en voz baja a Óscar, que estaba a mi lado.

—¿Martita? —dijo Óscar.

Y aunque sólo era una conversación por teléfono, Óscar empezó a ponerse rojo como un semáforo en rojo.

—Hola, Martita —dije por fin.

Martita empezó a hablar con toda naturalidad, como si en realidad hablásemos todas las noches por teléfono.

Me dijo que sentía mucho lo de la pintada del patio, pero la verdad es que había sido muy divertido. Luego me dijo que quería hablar conmigo sobre una cosa que tenía que ver con Lola. Y por último me preguntó si podía quedar mañana por la mañana con ella, antes de clase, en las columnas.

Las columnas, como su propio nombre indica, son unas columnas de cemento enormes que hay en la entrada del colegio, en donde casi todo el mundo se queda dando vueltas o simplemente apoyado antes de entrar en clase.

Yo, por supuesto, le dije que sí.

—Entonces, a las ocho en punto —dijo ella.

—A las ocho —dije yo.

Y colgué el teléfono.

Martita quería hablar conmigo sobre una cosa que tenía que ver con Lola.

Increíble.

Seguramente había batido algún récord. Seguramente ningún otro chico que hubiera aparecido en las listas de pelmazos había tenido una cita con una chica tan guapa como Lola.

Bueno, ya sé que no había yo quedado exactamente con Lola, sino con Martita. Pero Martita es su mejor amiga. Así que era casi una cita. Ella lo había dicho muy claramente: para hablar de Lola.

A los pocos segundos de colgar el teléfono, Óscar empezó a recobrar su color natural.

MIÉRCOLES

Puré de verduras

Éste era el plan: García Cano en la puerta de la tienda de comestibles, justo enfrente del colegio. Hinojar apoyado en un coche, haciendo como que repasaba unos apuntes. Y Óscar, como está muy gordo y se le ve desde lejos, dentro del colegio, escondido.

A las ocho llegaría Martita a las columnas.

Yo me retrasaría cinco minutos, para hacerla esperar un poco.

Es bueno hacerse esperar cuando quedas con una chica; eso lo dice siempre el hermano mayor de Óscar, que está tan gordo como él, pero que por lo visto tiene mucha experiencia con las chicas.

A esa hora todavía no habría nadie, o casi nadie, en las columnas. Pero si conseguía retener a Martita a mi lado hasta las ocho y veinticinco o y media, que es cuando suena el timbre de entrada, entonces las columnas estarían llenas de gente.

En ese momento, García Cano, Hinojar y Óscar saldrían de sus puestos y se acercarían a las columnas en unos pocos segundos.

Y así todo el colegio, o casi todo el colegio, nos vería a los cuatro con Martita y, si teníamos suerte, también con Lola.

El empollón, el cabeza cuadrada, el gafotas y el pelmazo hablando con una o dos chicas delante de todos. Desde luego, sería un punto importante a nuestro favor.

Podría haberme reservado el tanto para mí solo. Pero después de lo del día anterior, les debía una.

Era una buena oportunidad de cara a las votaciones.

García Cano dijo que sí enseguida. A Hinojar me costó un poco más convencerle. Empezó con ese rollo de que a él no le importaba que le llamaran empollón y todo eso. Pero al final dijo que sí, que si íbamos los cuatro, él iba.

El más difícil de convencer fue Óscar.

Tuve que prometerle que él no tendría que hablar con Martita ni tampoco con Lola, suponiendo que apareciese. Y que todo se resolvería en cuestión de uno o dos minutos. El tiempo justo para ir andando desde las columnas hasta la clase acompañados de ellas y a la vista de todo el mundo.

Perfecto.

Un plan sencillo y eficaz.

Por segundo día consecutivo, tuve que decir en casa que tenía una clase de recuperación más temprano.

—Tanta recuperación, tanta recuperación... —dijo mi padre.

Aunque no sé muy bien qué quería decir.

A las ocho en punto ya estábamos en nuestros puestos.

Las cosas empezaron a salir regular casi desde el principio.

Yo llegué a las columnas a las ocho y cinco, como estaba previsto. Pensando que Martita estaría allí. Esperándome.

Pero, para empezar, a las ocho y cinco Martita no había llegado.

Me acerqué a las columnas y desde allí vi a Hinojar, unos pocos metros más abajo, apoyado en un coche, señalándome disimuladamente el reloj.

Ya, ya sé que la idea era hacer esperar a Martita, y que ahora era ella la que me hacía esperar a mí.

En fin.

Había que conservar la calma.

Miré al otro lado de la calle. García Cano estaba de espaldas, haciendo como que miraba el escaparate de la tienda. Si te parabas a pensarlo, resultaba un poco ridículo mirar un escaparate lleno de chorizos, salchichones y esas cosas, pero supongo que García Cano estaba tan metido en su papel que ni siquiera pensaba en lo que tenía delante de sus narices.

Las ocho y diez.

Y Martita seguía sin llegar.

Me asomé por la puerta del colegio. Óscar debía de estar allí dentro, escondido en algún sitio del jardín o del patio, como yo le había dicho. La verdad es que tenía que estar bien escondido, porque no se veía ni rastro.

Empezaron a llegar los primeros chicos y chicas del colegio. Los más madrugadores.

Las ocho y cuarto.

Hinojar seguía mirando una y otra vez su reloj, como si uno pudiera avanzar o retroceder el tiempo mirando fijamente un reloj.

El plan se estaba echando a perder.

No tenía sentido. Martita me había llamado a mí, no yo a ella.

¿Por qué no venía?

A lo mejor se había arrepentido de quedar con un pelmazo delante de todo el mundo. O a lo mejor se había olvidado.

Las ocho y veinte.

En ese momento supe que Martita ya no iba a venir. No sé por qué, pero entendí que ella no vendría. Por algún motivo, me había llamado y luego se había echado atrás ante la idea de que todo el mundo nos viera juntos.

Empecé a hacer señas a Hinojar y a García Cano para que se acercaran. Ya no tenía sentido seguir adelante con el plan.

Hinojar se encogió de hombros y vino hacia las columnas.

García Cano empezó a cruzar la calle.

Óscar tardó un poco más en llegar, pero salió de su escondite, fuera el que fuera, y también vino donde estábamos nosotros.

—¿Qué ha pasado? —dijo Hinojar.

—¿Me estabas haciendo señas? —dijo García Cano, que aunque llevaba las gafas más gordas de la historia de las gafas, seguía sin ver un pimiento desde lejos.

—¿A que no sabéis dónde estaba escondido? —dijo Óscar, que llegó resoplando.

—No sé qué ha pasado —dije.

—No tengo ni idea —dije.

—No lo entiendo —dije.

Y me encogí de hombros.

—Bueno, no habrá podido venir —dijo Hinojar.

—¿A que no sabéis dónde estaba escondido? —dijo Óscar.

—Yo, desde luego, no la he visto llegar —dijo García Cano sujetándose las gafas.

—No pasa nada —dijo Hinojar.

Las columnas ya estaban llenas de gente. En unos pocos minutos se habían llenado de chicos y chicas de todos los cursos.

—Venga, ¿a que no sabéis dónde estaba escondido? —volvió a decir Óscar.

Entonces sonó el timbre de entrada.

Las ocho y media.

Y justo al mismo tiempo que sonaba el timbre, como si se tratara de una señal, apareció Martita delante de nosotros.

Ella dijo:

—¿No habíamos quedado tú y yo solos?

Lo dijo como si yo hubiera cometido un crimen o algo así.

Martita estaba enfrente de nosotros cuatro. En medio de las columnas. Mientras todo el mundo subía a clase.

—Di, Matías: ¿no habíamos quedado tú y yo solos?

Repitió Martita, mirando a mis amigos.

Pude haberle dicho que habíamos quedado a las ocho, y no a las ocho y media; que no se puede hacer esperar media hora a alguien y luego llegar como si tal cosa; que tendría que disculparse por llegar tarde; que ya estaba bien de tratarme así. Pude haber dicho muchas cosas que no dije.

Lo único que dije fue:

—Lo siento.

Y luego dije:

—Es que son mis amigos.

Martita no es guapa ni es fea, tiene la cara llena de pecas y tiene el pelo de color rojo. Desde luego, Lola es un millón de veces más guapa que ella, eso está clarísimo.

Pero Martita tampoco está mal.

Ella echó un vistazo a mis amigos de arriba abajo, como si los estuviera examinando.

Hinojar se agarró a su carpeta con fuerza. Parecía que iba a caerse al suelo. García Cano sacó pecho y se sujetó las gafas con un dedo. Y Óscar, que por supuesto ya se había puesto rojo, amarillo y azul, miraba para otro lado.

—Ya sé que son tus amigos —dijo Martita, con un gesto de resignación—, pero habíamos quedado tú y yo.

Después dijo que en realidad no tenía importancia, que sólo quería darme un recado de Lola.

Por lo visto, Lola estaba mala con gripe y hoy no iba a venir al colegio, y Martita no podía ir a su casa porque tenía natación después de clase, y por eso Lola le había dicho que me preguntara si yo podía llevarle los apuntes y los deberes que dieran hoy.

—¿Los apuntes? —dije yo.

—Sí, ya sabes, los apuntes y todo eso —dijo Martita.

Casi éramos los últimos cinco que quedábamos en las columnas. Todo el mundo había subido las escaleras para ir a clase.

—Vamos a llegar tarde —dijo Hinojar.

—Dile a Lola que vale, que iré a su casa —dije.

Martita me dijo que Lola ya sabía que yo iría y que me esperaba después de clase, a las seis y media más o menos.

Después empezamos a subir las escaleras en fila.

Primero, Martita. Después, yo. Y a continuación, mis tres mejores amigos.

No era exactamente como habíamos previsto en el plan, pero tampoco estaba tan mal.

Lástima que ya no quedara nadie para vernos. Todos estaban en clase.

Lola ya sabía que yo iría a su casa. Eso creo que no me gustó mucho. Pero tampoco hay que ponerse a darle vueltas a todo.

Lo importante es que iba a ver a Lola

Ella y yo solos.

Lola y Matías solos.

Y en plena época de votaciones.

Cuando todos se enteraran, se iban a quedar con la boca abierta.

El fútbol es así.

Eso es lo que siempre dice mi padre: «El fútbol es así».

También lo dicen muchos comentaristas de radio y de televisión, que cuando no saben qué decir, entonces suben la voz y dicen muy orgullosos: «El fútbol es así». A lo mejor lo dicen porque se lo han oído a mi padre. Aunque lo más seguro es que mi padre lo diga porque él lo ha oído en la radio o en la tele.

En pocas palabras, yo creo que el fútbol

es un juego donde unos meten goles y otros dan patadas.

Normalmente, los que meten goles son los que todo el mundo dice que son los mejores.

Pero, por lo visto, en todos los equipos tiene que haber algunos que den patadas. Si no sabes jugar muy bien y no metes goles, por lo menos tienes que ser bastante bruto y zurrar a cualquiera del equipo contrario que pase por allí.

Eso sí, tienes que hacerlo sin que el árbitro se dé cuenta.

Si el árbitro se da cuenta, todos dicen que eres un *animal*.

Si no se da cuenta, todos dicen que eres un *buen defensa*.

Yo, como soy muy bajito y no se me da bien dar patadas ni zurrar a nadie, intento meter goles. Pero la verdad es que tampoco soy muy bueno en eso.

Ya estábamos a miércoles.

Dos días para las Votaciones de Fin de Curso.

Y al día siguiente se jugaba el partido del

siglo: mi clase contra la clase de enfrente. Y de árbitro, Agustín, el profesor de gimnasia.

Los de mi clase somos los Tigres.

Y los de la clase de enfrente, los Leones.

Ya sé, ya sé: es casi tan ridículo como Indios y Vaqueros, o Policías y Ladrones, pero todavía mucho peor. *Tigres y Leones.*

Es un invento del jefe de estudios, que se cree muy original. Lo de los Tigres y Leones es una de las tonterías más gordas que he oído nunca. Pero como al jefe de estudios le hace ilusión, pues nada.

En mi clase el capitán es Rodrigo, que ya he dicho que también es el delegado de curso y el que siempre organiza todo. Él decide quién va a jugar y quién no.

Yo siempre me apunto, pero lo más normal es que me dejen de suplente.

Jugar un partido como ése justo antes de las votaciones era una buena oportunidad, desde luego.

Si lo hacía bien y metía algún gol, nadie iba a pensar que era un cabeza cuadrada o un pelmazo.

Hinojar nunca juega al fútbol ni le gustan los deportes. García Cano no ve la pelota hasta que la tiene encima. Y Óscar está tan gordo que no puede correr ni dos metros sin que se canse.

Así es que no podía contar mucho con mis amigos para eso.

Antes de salir al patio, le pregunté a Rodrigo si él pensaba que este año yo iba a jugar, aunque fuera un rato.

Me dijo que el sistema de juego «ya estaba muy compensado» y que ya veríamos. O sea, que no iba a jugar.

De todas formas, siempre existía la posibilidad de que me sacara en la segunda parte unos minutos. O de que Rodrigo se partiera una pierna y tuviera que sustituirle. Yo no quería que Rodrigo se partiera la pierna, de verdad, pero si le ocurría algo, yo tendría que salir a sustituirle, eso es todo.

Bueno, ya veríamos lo que pasaba.

De momento, tenía cosas más importantes y más urgentes en que pensar antes del partido.

Cosas que tenían que ver con Lola, desde luego.

Estaba mala y me esperaba en su casa a las seis y media.

Tenía la gripe y, por lo que yo sé, la gripe puede ser muy contagiosa. Claro, que si cogía la gripe tendría que quedarme en casa unos días sin ir a clase. Y a lo mejor todo el mundo se olvidaba de mí, y no me votaban. Aunque me parece que ya era un poco tarde para eso.

Pensé que mejor no iba a llegar tarde para hacerla esperar ni nada de eso. En cuanto saliera de clase, iría a su casa y ya está.

Y si cogía la gripe, pues mejor.

Y si no la cogía, pues también mejor.

De primer plato, puré de verduras.

El puré de verduras es casi tan asqueroso como los higadillos.

Sobre todo cuando es de color verde.

No sé por qué, pero todo el mundo sabe que el puré de verduras verde es mucho peor que el amarillo o que el marrón.

Supongo que será cosa del cocinero, pero el caso es que en mi colegio siempre ponen puré de verduras de color verde.

Me había quedado a comer en el comedor del colegio porque mis padres tenían mucho trabajo y habían llamado para decir que me quedara. Comí con García Cano, que siempre come en el colegio.

—¿Qué le pasa a Óscar? —me dijo García Cano mientras estábamos comiendo.

—¿Qué le pasa? —dije yo.

—Lleva todo el día muy raro. Y en el recreo no le he visto por ninguna parte.

Estuve a punto de decirle que normalmente él no ve a nadie, así que tampoco era raro que no hubiera visto a Óscar.

En lugar de eso, dije:

—Bueno, no te preocupes, ya le veremos.

Pero la verdad es que García Cano tenía razón. Desde por la mañana, Óscar había estado muy raro. A lo mejor todavía le duraba el efecto de haber estado cerca de una chica.

No lo sé. Tenía que preguntárselo.

—¿Tú quieres más puré? —le pregunté a García Cano.

Me miró como si me hubiera vuelto loco.

—Lo decía por si te habías quedado con hambre... —dije.

En mi colegio, hasta que no te comes todo lo que te ponen, no puedes salir al patio a jugar. En la pared del comedor hay un cartel muy grande en el que pone: BUENA EDUCACIÓN, BUENA ALIMENTACIÓN. El que lo puso, seguro que no probó el puré.

Como no quería quedarme toda la tarde allí metido, cogí la cuchara sopera, cerré los ojos y me comí todo el puré muy rápido, sin pensarlo.

Cuando acababa de terminar, ocurrió.

Mis amigos y yo sabemos que otros chicos de nuestra clase, y también de otras clases, a veces hacen bromas sobre nosotros. Pero una cosa es saberlo y otra muy distinta que te digan las cosas delante de tus narices.

Morenilla es el mejor amigo de Rodrigo, y es un chico que enseguida se pone muy nervioso.

Pero no nervioso como Óscar o como yo, que cuando nos ponemos nerviosos no sabemos qué decir. Morenilla se pone nervioso y no para de hablar y de moverse, y muchas veces también no para de empujar a la gente.

García Cano llevaba su bandeja con los platos vacíos. Él no se dio cuenta, pero Morenilla le puso la zancadilla. Así es que tropezó y se cayó. La bandeja también se cayó y los platos que llevaba dentro se rompieron.

Casi todo el mundo se empezó a reír.

Rodrigo parecía que se iba a atragantar de tanto reírse.

Pero Morenilla no. Morenilla se puso muy serio y dijo:

—A ver si miras por dónde vas, gafotas. Has tirado mi plato al suelo.

García Cano estaba en el suelo sin saber muy bien qué ocurría.

Yo dejé mi bandeja y le ayudé a levantarse.

—Cuatroojos, gafotas... ¿Es que no ves por dónde pisas o qué? —dijo Morenilla.

Y la gente seguía riéndose.

Creo que Morenilla estaba esperando que García Cano se levantara y le dijera algo, cualquier cosa. Pero no le dijo nada, ni siquiera le miró.

Yo pensé que la broma ya se había terminado.

Sin embargo, no había hecho más que empezar.

Morenilla armó una buena y empezó a decir que García Cano le había tirado su plato vacío al suelo. Eso no era verdad; el plato que se había caído y se había roto era el de García Cano. Lo único que Morenilla quería era no tener que comerse su puré, que todavía estaba en la mesa y no lo había probado.

Yo enseguida dije que lo había visto todo y que no era verdad.

Rodrigo dijo que él también lo había visto todo y que el plato que quedaba lleno de puré era de García Cano.

Morenilla volvió a insistir en que su plato era el que se había roto.

Y García Cano seguía en el suelo, sin decir nada, recogiendo los trocitos del plato. Don Julio, que estaba comiendo en la mesa de los profesores, se levantó y dijo que ya estaba bien y que no se hablara más. Luego dijo que el comedor no era un sitio para jugar.

Y lo último que dijo fue que nos sentásemos y que dejásemos de alborotar.

Después le dijo algo al cocinero y nos obligó a comernos otro plato de puré verde.

A los cuatro. A Rodrigo, a Morenilla, a García Cano y a mí.

—Hasta que no os lo comáis no os movéis de aquí —dijo el cocinero.

Y se reía. Yo creo que él sabe que su puré es asqueroso y por eso le hace tanta gracia que tengamos que comérnoslo.

Dos platos de puré de verdura es demasiado para cualquiera. Os lo prometo. Tardé casi una hora en tomármelo.

Antes de irse, Rodrigo nos miró a García Cano y a mí como si tuviéramos la culpa de todo y dijo:

—Estáis acabados.

Y Morenilla, como si fuera el eco, dijo:

—Acabados.

A las seis en punto, metí mis cosas en la mochila y salí disparado.

Óscar me hizo señas para que le esperase.

Pero le dije que ya hablaríamos mañana, que no tenía tiempo.

Tenía que ir a casa de Lola.

Ella me estaba esperando.

Salí corriendo y no paré hasta llegar a casa de Lola. Hasta las seis y media tenía tiempo de sobra, pero de todos modos fui corriendo.

Cuando llegué al portal de su casa, eran las seis y diez.

Una cosa era no hacerla esperar y otra muy distinta llegar veinte minutos antes de la hora. Así es que crucé la calle y me senté en un banco que había al lado de una farola.

Me quedé allí sentado, sin hacer nada. Sólo mirando el reloj cada minuto.

Al poco de estar sentado en el banco, me di cuenta de que enfrente justo había una tienda de disfraces. En la fachada ponía: MÁSCARAS Y DISFRACES PROFESIONALES. Yo no sabía que hubiera disfraces profesionales, pero por lo visto sí los hay.

Había disfraces de gángsteres y de jueces con peluca de rizos y todo, y hasta había disfraces de gorilas y de luchadores del espacio, que son como astronautas pero con láser y con unos cascos diferentes.

La verdad es que a mí eso de los disfraces nunca me ha ido mucho. Claro que, como soy un pelmazo, a lo mejor es por eso.

En el escaparate de la tienda había un cartel que ponía: *Conviértase en otra persona.*

Bien pensado, no estaría mal convertirse, por ejemplo, en luchador del espacio durante unas horas. O durante unos días. O unos años. Aunque en ese momento, si hubiera tenido que elegir un disfraz para los próximos días, creo que ya sé cuál habría elegido.

Habría elegido el disfraz de hombre invisible.

Miré el reloj y ya eran las seis y veinticinco.

No pude esperar más. Me levanté y fui directamente a casa de Lola.

—Pasa, pasa...

Me dijo una señora que abrió la puerta. La señora, que debía ser la madre de Lola, llevaba puesta una bata de color amarillo.

—Pasa, pasa...

Y yo pasé, claro.

La señora caminaba por un pasillo muy largo y yo iba detrás de ella.

—Te están esperando —dijo la señora.

Seguramente había oído mal. ¿Cómo que «te están esperando»?

¿En plural?

¿Quiénes me estaban esperando?

Se suponía que esto era una cosa entre Lola y yo. Y se suponía que Martita no podía estar allí porque tenía que ir a clase de natación. Se suponía que nadie más tenía que estar allí.

La señora abrió la puerta del salón y yo entré.

Lola estaba sentada en un sillón y no tenía pinta de estar mala ni nada. Se reía y parecía que se lo estaba pasando muy bien.

—Hola, Matías, ¿has visto quién ha venido a verme? ¿Has visto qué sorpresa? —dijo Lola.

Delante de Lola, haciendo unos dibujos en una hoja, o apuntando algo que yo no podía ver, estaba Rodrigo.

Rodrigo.

El mismo.

—Qué sorpresa —dije.

Rodrigo me miró de reojo.

Mientras yo me había quedado sentado en el banco de abajo, él había entrado y llevaba con Lola más de un cuarto de hora.

—Te he traído los apuntes y los deberes —dije.

—Ah, sí —dijo Lola.

Y luego dijo que Rodrigo le estaba explicando lo del partido de fútbol del día siguiente. Que le estaba explicando la táctica del partido y todo eso, y que se estaban mondando de risa.

—Nos estamos mondando de risa —dijo.

Que yo sepa, una táctica de fútbol no es una cosa tan divertida. Tal vez lo que pasa es que Rodrigo es un tío muy divertido y cualquier cosa que cuenta, aunque sea la táctica de un partido de fútbol, lo hace de un modo muy gracioso.

Vamos, que Rodrigo es tan gracioso que me parto de risa cada vez que abre la boca.

Por eso siempre queda el primero o el segundo en la categoría de los más divertidos.

—Siéntate —dijo Lola.

—Es que tengo un poco de prisa —dije.

Lo último que me apetecía era quedarme allí viendo cómo Rodrigo hacía el tonto y Lola se moría de risa.

—Tengo que irme, de verdad —dije.

Le di los apuntes y le dejé escritos los deberes en una hoja, y luego me fui.

Me fui todo lo rápido que pude. Sí. Pero, antes de irme, todavía me enteré de algunas cosas más.

Lola me dijo muy contenta que Rodrigo y ella iban a ir el domingo al fútbol, a ver un partido de verdad en un campo de verdad. Nada menos que el Real Madrid contra el Barcelona. Yo había visto por televisión que ya no quedaban entradas ni nada para ese partido, pero por lo visto el padre de Rodrigo había comprado cuatro entradas, y resulta que iban a ir Rodrigo y Morenilla y Lola y Martita. Los cuatro juntos.

Pues qué bien.

Yo no tenía ni idea de que a Lola le gustase el fútbol.

Claro, que yo no tenía ni idea de muchas cosas.

También existía la posibilidad de que no le gustase el fútbol, pero le gustase Rodrigo.

Un Real Madrid - Barça... Eso era mucho.

Mucho más de lo que yo podía aguantar.

—Ya te he dicho que tengo prisa... —dije.

Lola me dio las gracias por haber ido a verla y me dijo que ya estaba mucho mejor, así que al día siguiente esperaba verme en el colegio.

—Iré a veros jugar el partido —dijo.

Iría a vernos jugar.

Los Tigres contra los Leones, como diría el jefe de estudios.

Posiblemente, mi última oportunidad para hacer algo que me salvara antes de las votaciones.

—Tenéis que ganar —dijo Lola.

Rodrigo no dijo nada, pero me pareció que se reía. A lo mejor eran imaginaciones mías.

Si él no quería, yo no jugaría ni un segundo.

Ni medio segundo.

JUEVES

El partido de fútbol

Esa noche tuve un sueño.

Se jugaba el Real Madrid contra el Barcelona.

El estadio estaba lleno de gente.

Y una voz iba diciendo las alineaciones por los altavoces.

Cada vez que salía un jugador, todo el mundo se ponía a aplaudir muchísimo.

Había más de cien mil personas, y todas aplaudían y gritaban y decían «bravo» y «viva» y «campeones», y otras cosas que ahora mejor no voy a decir.

Entonces, al final, cuando ya sólo quedaba un jugador por salir al campo, desde los altavoces decían: «Y con el número once, Matías, el luchador del espacio».

Y yo salía a mitad del campo con mi ridículo disfraz de luchador del espacio y encendía mi rayo láser para que todos pudieran verlo.

Todo el mundo, las cien mil personas al mismo tiempo, empezaban a reírse y no paraban.

Ya sé que todo eso era raro, pero lo más raro de todo era que en el sueño a mí no me importaba que se rieran.

No me importaba lo más mínimo.

Yo tenía mi disfraz.

Tenía mi láser.

Y por mucho que se rieran, no podían cambiar eso.

Ya digo que era un sueño muy raro.

Mucho.

El número trece.

Me tocó el número trece para el partido.

Había llegado la hora.

Jueves.

Doce de la mañana.

Todo el colegio estaba alrededor del campo

de fútbol para ver el partido de los Tigres y los Leones.

Nosotros éramos los Tigres.

Los de la clase de enfrente, los Leones.

Y el árbitro era Agustín, que está calvo y que es nuestro profesor de gimnasia.

Antes de empezar el partido, el jefe de estudios salió al centro del campo y dijo que el deporte es muy importante en la educación de los jóvenes, y que lo más importante de todo era participar.

El jefe de estudios siempre tiene una frase para cada momento.

El número trece, o sea yo, estaba en el banquillo de los suplentes.

Como siempre.

Rodrigo era el capitán de nuestro equipo y Morenilla era el portero. Casi todos los que jugaban en nuestro equipo eran los amigos de Rodrigo.

Lola y Martita y otros chicos y chicas gritaban: «Ro-dri-go... go-go-gol. Ro-dri-go... go-go-gol». Y otras tonterías parecidas.

En la grada del fondo vi a García Cano y

a Hinojar. Óscar no estaba con ellos. García Cano se estaba limpiando las gafas para ver el partido.

Y el partido empezó.

Mal, muy mal.

A los cinco minutos ya íbamos perdiendo por uno a cero.

Morenilla empuja mucho a la gente y también grita mucho, pero como portero es malísimo. Le metieron un gol desde lejos que hasta mi abuela lo habría parado.

Además, ellos tenían un delantero que se llama López Calles, y que regateaba a todo el que se ponía por delante.

Uno a cero y todavía no habíamos tenido ni una oportunidad.

La gente seguía animando y gritando.

Ahora se oía más a los que animaban a los Leones, claro.

Para colmo, justo antes del descanso, Ballesta y Vinuesa se lesionaron en una jugada tonta. Ballesta y Vinuesa eran nuestros defensas centrales, y se lesionaron entre ellos mismos, persiguiendo un balón. Los dos saltaron a la vez al borde del área y sus cabezas chocaron haciendo un ruido como CRACK, pero peor todavía.

Ballesta y Vinuesa se retiraron del partido, cada uno con un chichón en la cabeza que seguro que les iba a durar bastante tiempo. Y Rodrigo mandó hacer los dos cambios.

Ésta era la situación del banquillo: éramos seis suplentes, contando al portero suplente. En teoría, en el partido de Tigres contra Leones se pueden hacer todos los cambios que se quiera. No hay límites.

Rodrigo había tenido que hacer dos cambios por la lesión, así es que ya sólo quedábamos cuatro para hacer cambios en la segunda parte.

Agustín pitó el final de la primera parte.

Durante el descanso, Morenilla se puso a dar voces a todo el mundo. El gol yo creo que había sido por su culpa, pero él echaba la bronca a casi todos, incluso a Ballesta y Vinuesa, que ya no estaban allí. Daba igual, él decía que eran unos tuercebotas y unos patos mareados y más cosas, como si ellos le fueran a oír.

Ya he dicho que a Morenilla le encanta dar voces.

Entonces Rodrigo dijo que teníamos que hacer dos cosas para ganar:

Primero, impedir que López Calles tuviera la pelota; le dijo a Ferrer, que es bastante rápido y que siempre gana las series de velocidad en gimnasia, que no le dejase tocar la pelota a López Calles. Ferrer movió la cabeza como si lo hubiera entendido perfectamente.

Y lo segundo que teníamos que hacer era pasarle más balones a él. Vamos, que cuando atacásemos nosotros, le pasáramos siempre a él.

—Pasadme la pelota a mí —dijo.

La táctica era muy sencilla: todos a pasarle balones a Rodrigo.

Yo, como estaba en el banquillo, no podía pasarle ningún balón.

El segundo tiempo empezó igual que la primera parte.

Ellos corriendo detrás de la pelota, y nosotros corriendo detrás de ellos.

Después de un cuarto de hora más o menos, López Calles se cansó, cogió el balón y se metió con él hasta dentro de nuestra portería, dejando sentados a los defensas y a Morenilla, que ni se enteró de lo que había pasado hasta que el árbitro pitó gol.

Dos a cero.

Lola y los otros ya no cantaban nada.

Rodrigo se enfadó mucho y dijo que si nadie le iba a hacer caso, él se iba. Eso es lo que dijo. Pero en lugar de irse él, cambió a otros dos jugadores: a Tomás y a Pelos.

Así es que en el banquillo ya sólo quedábamos dos sin jugar: el portero suplente y yo.

Agustín, el profesor de gimnasia, volvió a pitar para que sacáramos de centro, y otra vez todos a correr.

Me fijé en Hinojar y García Cano, que se habían sentado y ya no parecían prestar mucha atención al partido. Bueno, no eran los únicos.

Entonces empezamos a tener un poco de suerte.

Rodrigo es el delegado de curso, y uno de

los más populares del colegio, y a todo el mundo le cae bien, y es un chico listo, y simpático, y no sé cuántas cosas más. Total: que si Rodrigo se cae al suelo, sólo puede ser porque alguien le ha empujado. Rodrigo no se tropezaría nunca con el balón.

Rodrigo se cayó dentro del área y Agustín pitó penalti.

Yo lo único que vi fue a Rodrigo hacerse un lío él solito con el balón y caerse. Claro, que no me iba yo a poner a protestar por un penalti a nuestro favor.

Por supuesto, el penalti lo tiró Rodrigo.

Dos a uno.

Y diez minutos para el final.

Otra vez empezaron con eso de «Ro-dri-go... go-go-gol». Pero yo en lo único que pensaba es que sólo quedaban diez minutos para que se acabara el partido y no iba a jugar.

Hinojar me hacía señas desde la grada, como preguntándome qué pasaba.

Y lo que pasó es que Ferrer recibió una buena galleta. Ferrer normalmente juega de lateral, pero lo único que había hecho en el partido de ese día era intentar quitarle la pelota a López Calles a base de patadas y empujones y golpes. Así que al final López Calles se cansó de que le dieran patadas a él, se dio la vuelta y le hizo una entrada con las dos piernas a Ferrer muy fea, que se quedó como paralizado.

Agustín pitó falta y le sacó tarjeta roja a López Calles.

A Ferrer tuvieron que sacarle del campo. Iba cojeando. Luego me enteré de que no le había pasado nada, pero en ese momento se quejaba tanto que parecía que iba a llevar muletas durante los próximos tres o cuatro años.

Y entonces llegó el momento.

Ferrer, lesionado.

Y yo era el único jugador de campo que quedaba en el banquillo.

Rodrigo no decía nada. Resoplaba como si estuviera muy cansado.

De pronto pensé que, con tal de no dejarme jugar, era capaz de sacar al portero suplente de delantero.

Me puse de pie y me quité el chándal.

Durante unos instantes, Rodrigo se quedó callado. Como si se lo estuviera pensando.

Aproveché que nadie decía nada y salí del banquillo.

Y antes de que Rodrigo pudiera abrir la boca, Agustín, que me vio levantarme, gritó:

—¡Número trece, entre!

Y entré en el campo.

Si el árbitro te dice que entres, tú entras y ya está.

Rodrigo me miró y dijo muy serio:

—Pásame el balón. Tú sólo pásame el balón, pelmazo.

Quedaban seis minutos para terminar.

Perdíamos por dos a uno.

Y yo estaba en el centro del campo. A la vista de todo el colegio. Justo veinticuatro horas antes de las Votaciones de Fin de Curso.

Desde luego, era una buena oportunidad.

Mi oportunidad.

Lo vi venir con el balón.

Rodrigo se iba a jugar el uno contra uno. Seguro.

Siempre ha sido un chupón.

Me fui hacia la esquina, intentando llevarme algún defensa, aunque estos defensas eran unos troncos y sólo miraban el balón, no los jugadores.

Rodrigo corría mucho, pero llevaba al número cinco de ellos pegado a la espalda y no le soltaba; seguro que le estaba agarrando de la camiseta.

Me estaba metiendo en fuera de juego y los dos defensas centrales no se movían. Rodrigo no levantaba la cabeza. Cuando agarra la pelota sólo sabe correr, no pasa a nadie. El cinco le metió la pierna, pero Rodrigo saltó con el balón por encima de él.

Hay que reconocer que no estuvo mal.

Muy bien. Me fui directo hacia el portero, a estorbar. Los dos defensas se lanzaron a por Rodrigo como dos misiles. Si no se paraba, los tres se iban a chocar de frente y a toda velocidad.

Todo estaba ocurriendo muy deprisa, y yo pensé: «Pásame, Rodrigo, por los Tigres, por las Votaciones de Fin de Curso, por lo que más quieras, pásame ahora y la meto».

Ya tenía al portero detrás, no le dejaba ver.

Los dos misiles llegaron al mismo tiempo a la pierna de Rodrigo, justo en el vértice del área.

El portero me empujaba, y me decía que me iba a romper la cara si no me apartaba. A veces se dicen cosas así en un partido. Yo no me movía, dijera lo que dijera. Rodrigo frenó en seco y, de una forma increíble, se guardó el balón detrás de la pierna izquierda. Los dos centrales, que se habían tirado con las botas por delante y todo, pasaron frente a él, a tan sólo unos centímetros de Rodrigo.

Al tercer empujón del portero, yo me caí.

Agustín no vio nada. Además, ya había pitado un penalti, era imposible que pitase otro. Y menos porque yo me cayera delante del portero. Dentro del área pequeña nunca pitan contra el portero, ya lo sé.

Rodrigo ahora avanzaba hacia nosotros con el balón controlado. En la banda todos gritaban eufóricos.

No veía a nadie, ni a Lola, ni a Martita, ni a mis amigos, ni a nadie. Sólo veía a Rodrigo chupando y chupando. Pero la verdad es que le estaba saliendo bastante bien.

Me levanté y me volví a poner delante del portero, a estorbarle. Sabía perfectamente que Rodrigo no me iba a pasar nunca para que yo metiera gol. Pero es que no había nadie más: Rodrigo, el portero y yo. Bueno, y el balón.

Rodrigo se metió hacia el palo contrario, corriendo en horizontal. Aún había tiempo. El portero me dio un empujón definitivo y se marchó a por Rodrigo.

Pero esta vez yo no me caí hacia delante, sino hacia atrás. Y al caer vi justo cómo Rodrigo se preparaba para chutar. Yo estaba cayendo. Y mi brazo, el derecho, se chocó contra algo antes de tocar el suelo. Me dolía mucho. Y no sabía con qué había chocado.

Rodrigo chutó con la zurda; él no es zurdo, pero chutó con la zurda.

Pude ver el balón volando.

¿Dónde se había metido el portero? No estaba por ninguna parte, se lo había tragado la tierra.

Agustín hizo sonar el silbato. Pitaba, y pitaba, y pitaba sin parar. ¿Qué estaba pasando? El balón había entrado en la portería limpiamente. Había sido un golazo.

Empate a dos.

Un golazo de Rodrigo, ésa era la verdad.

Me sujeté el brazo; la verdad es que me dolía muchísimo. Y entonces lo vi: el portero estaba tirado en el suelo, delante de mí. Agustín no dejaba de pitar con el silbato, parecía que se lo iba a tragar. Todo el mundo gritaba, y a mí el brazo me dolía una barbaridad. Rodrigo me miró como si fuera a estrangularme.

¿Qué ocurría?

Agustín se acercó a mi lado y me enseñó una tarjeta amarilla. ¿A mí?

Falta, había pitado falta mía contra el portero.

Aquel tío me había empujado veinte veces y resulta que pitaba falta mía.

Yo sólo me había caído. Y al caer me había chocado con algo muy duro: la bota del portero. El brazo me dolía. Muchísimo. No tenía ganas de explicar nada. Sólo quería salir huyendo.

Rodrigo era muy bueno, pero era un chupón. El portero me había hecho penalti. Y Agustín no había visto nada.

Gol anulado y falta de Matías en ataque.

Pensé que me iba a morir en aquel momento.

Rodrigo pasó a mi lado y me dijo:

—Lo has estropeado todo —dijo—. Todo —repitió.

Sentí un fuerte pinchazo en el codo y me dejé llevar por el dolor.

Creo que era la primera vez en toda mi vida que me desmayaba.

—Pero dentro de tres semanas tenemos los exámenes finales —dije, como si los exámenes finales me preocuparan de verdad.

Aquel hombre no escuchaba. Tenía una bata blanca y se movía muy despacio, como si se fuera a caer en cualquier momento. Me dio unos golpecitos en la cabeza y se sentó en su enorme butaca negra.

—Dos meses, y no hay más que hablar —dijo.

Eso fue todo lo que dijo.

Bueno, después levantó la cabeza hacia la puerta y dijo:

—El siguiente.

A la salida de la consulta, mi madre dijo que era mejor para mí, que últimamente estaba un poco despistado, y que así podría aprovechar para estar más tiempo en casa y preparar mejor las evaluaciones. Mi padre no dijo nada, sólo dijo que me abrochara el abrigo para que no cogiera frío.

Tener una escayola no es tan malo, después de todo. Puedes escribir cosas en ella. Puedes enseñársela a todo el mundo en el colegio. Incluso puedes librarte de las clases de gimnasia.

Me había hecho una pequeña rotura en el codo o algo así.

Lo peor no era que por culpa de la escayola que me habían puesto no pudiera escribir en los exámenes finales.

Lo peor era que seguro que me hacían exámenes orales. Seguro.

Y ahí sí que no tienes escapatoria.

No se puede copiar ni nada. O te lo sabes o no te lo sabes.

Mis padres habían venido a recogerme al colegio.

Por lo visto, había estado diez minutos inconsciente.

Eso de desmayarse es muy raro.

Luego no te acuerdas de que te has desmayado. El médico dijo que había sido por el dolor.

Yo creo que a lo mejor también fue para no tener que ver a todo el colegio, incluyendo a Lola, gritándome por haberla fastidiado en el partido.

En fin. Nada salió como yo había previsto.

Sólo quedaba un día para las Votaciones de Fin de Curso. Antes del lunes yo era uno de los principales candidatos a aparecer en la categoría de pelmazos. Después de lo que había pasado a lo largo de aquella semana, con la pintada en el patio, y con el gol anulado en el partido por mi culpa, y con enfrentarme a Rodrigo y Morenilla en el comedor, después de todo eso, era el candidato número uno.

Y además, tenía en mi contra a todo el equipo de los Tigres.

Y había hecho el ridículo delante de unas doscientas personas.

Y me había roto un brazo.

Y seguro que suspendía matemáticas para septiembre.

Y Lola había quedado con Rodrigo para ir al fútbol.

Y no sé cuántas cosas más.

Mis padres me llevaron a casa y me dijeron que por aquel día ya estaba bien, que no iría al colegio por la tarde.

Estaba muy cansado, así es que pensé que lo mejor sería tumbarme un rato en el sofá del salón.

Tumbarme y olvidarme de todo.

Estuve viendo la tele y luego estuve durmiendo.

Soñé que me partía un brazo y me ponían una escayola.

Cuando me desperté, me di cuenta de que lo de la escayola no había sido un sueño.

Corrí las cortinas del salón. Era muy tarde. Ya se había hecho de noche.

Fui hasta la cocina y mi padre, que estaba allí leyendo el periódico, me preguntó qué tal me encontraba.

Luego me dijo que había venido a verme ese amigo mío del colegio.

Y que le había dado una cosa para mí.

Un sobre.

Lo cogí y miré a ver si ponía algo por fuera.

Era un sobre blanco sin nada escrito.

Lo abrí y dentro había una lista escrita a máquina.

Era la lista de las Votaciones de Fin de Curso.

La lista definitiva de este año.

Con los ganadores en cada categoría.

Este año, mis amigos y yo habíamos batido récords.

Pelmazos: Matías.

Cabezas cuadradas: Óscar.

Feos: García Cano.

Empollones: Hinojar.

Los cuatro habíamos ganado en nuestras respectivas categorías.

Sólo había un pequeño problema: ¿cómo podía estar ya hecha la lista definitiva, si hasta el día siguiente no se terminaba el plazo para las votaciones?

No podía ser.

—¿Qué día es hoy, papá? —dije.

—Es que no sabes ni en qué día vives...

—Tú dime qué día es hoy —volví a decir.

—Jueves. Hoy es jueves, Matías.

Eso es: jueves.

Y las Votaciones de Fin de Curso no se acababan hasta el viernes.

Volví a mirar el sobre, y vi que dentro había otra hoja.

Una hoja pequeña con la letra de mi amigo Óscar.

Había escrito una cosa con un bolígrafo rojo. Esto es lo que Óscar había escrito en mayúsculas:

¿A QUE NO SABES DÓNDE
HE ENCONTRADO LA LISTA, MATÍAS?

VIERNES

El empollón, el cabeza cuadrada, el gafotas y el pelmazo

Las cosas cambian.

A veces las cosas cambian. Sólo a veces.

Y cuando eso ocurre, te sientes como si fueras una persona totalmente nueva y capaz de hacer cualquier cosa.

Cualquier cosa que te propongas.

Ya he dicho que Óscar está gordo como un auténtico supergordo.

Eso puede ser un problema.

Pero también puede ser una ventaja.

¿A que no sabéis dónde estaba escondido?

Eso es lo que nos había preguntado Óscar el miércoles por la mañana un montón de veces y no le habíamos hecho ni caso.

Ni el más mínimo caso.

Ahora era viernes y sí que le iba a hacer caso.

Para no perder la costumbre, y aunque mi madre me dijo que ya estaba bien de tonterías, también el viernes me marché de casa más pronto de lo normal.

—Ya sabes, mamá. Tengo clase de recuperación —dije.

—Ten cuidado... con la escayola —dijo mi madre.

Había quedado con Óscar a las ocho.

Tenía que explicarme todo eso de la lista definitiva.

Los dos, Óscar y yo, llegamos a las ocho a las columnas. Ni más pronto ni más tarde.

Me preguntó qué tal estaba, y después empezó a contarme todo. Empezó por lo del escondite.

—Como estoy tan gordo, detrás de los árboles se me veía —dijo Óscar.

—¿Y...? —dije yo.

—Y por eso... —dijo Óscar.

—Por eso, ¿qué?

—Pues como me habías dicho que me escondiera...

—Di...

—Por eso me metí en el cubo de basura —dijo.

Y lo dijo de un tirón, como si no quisiera que yo le escuchara, o como si él mismo no quisiera escucharlo.

—Me metí en el cubo de basura —dijo—, o el contenedor, o como se llame.

—Ya, ya te he entendido —dije.

O sea, que el miércoles por la mañana, mientras esperábamos a que llegara Martita, en lugar de quedarse escondido en el jardín del colegio, Óscar se había metido dentro del cubo de la basura.

—Es el mejor escondite —dijo.

—El mejor —dije yo.

Y desde dentro del cubo, había oído todo.

Rodrigo y un delegado de otro curso que se llama Corderas se habían acercado al cubo. Óscar no estaba muy seguro de si el otro chico era Corderas, porque desde donde él estaba no se oía muy bien. Pero de lo que no había ninguna duda es de quién era el primero: Rodrigo.

Y allí mismo, apoyados en el cubo de la

basura, Rodrigo y Corderas, o alguien que parecía Corderas, habían dicho algunas cosas sin imaginar que nadie, y mucho menos Óscar, les estaba escuchando.

Claro que nadie, que yo sepa, se imagina que dentro de un cubo de basura puede haber alguien metido.

Y esto es más o menos lo que había oído Óscar:

Que la lista definitiva de las Votaciones de Fin de Curso ya estaba hecha.

Que sólo quedaba por decidir el orden en algunas categorías.

Y que después de clase quedaban para escribirlas a máquina.

—Entonces, entonces... —dije yo.

—Entonces, las votaciones de Fin de Curso las deciden unos pocos, no todo el colegio —dijo Óscar.

Lo primero que pensé fue que tal vez el año pasado en realidad yo no había tenido ni un solo voto en la categoría de pelmazos. Tal vez yo quedaba siempre el primero de los divertidos y luego ellos lo cambiaban.

Tal vez.

Rodrigo y tres o cuatro más ponían a quien les daba la gana.

—¿Y de dónde has sacado la lista definitiva de este año? —dije.

—La he cogido —dijo Óscar.

—Sí, pero ¿de dónde?

—Pues de dónde va a ser... La he cogido de la mochila de Rodrigo —dijo Óscar—. Ayer, mientras jugabais al fútbol, entré en clase y la cogí.

—¿De su mochila?

—Sí, tenía muchas copias igual que ésa.

Esto era más de lo que yo...

—¿Y quién más sabe todo esto? —pregunté.

—Nadie más —dijo Óscar—. Tú y yo.

A ver, vamos a ver:

Punto primero: las Votaciones de Fin de Curso eran un fraude total.

Punto segundo: Óscar y yo teníamos las pruebas.

Y punto tercero: ahora, ¿qué?

Podíamos hacer fotocopias de la lista que

Rodrigo y sus amigos tenían preparada y repartirlas por todo el colegio antes de que acabara el plazo.

Podíamos contar lo que había pasado a todo el mundo.

Podíamos hacer muchas cosas. Pero había que pensarlo bien.

Sin duda, lo primero era contárselo a Hinojar y a García Cano. Y después, decidir lo que fuera.

Como ya he dicho, a veces las cosas cambian.

Y cómo cambian.

Dos rectas paralelas nunca llegan a juntarse.

Nunca, pase lo que pase.

A primera hora teníamos matemáticas, y don Julio nos habló de las rectas paralelas, que son unas rectas muy rectas y que, pase lo que pase, nunca se llegan a juntar. O sea, que para las rectas paralelas las cosas no cambian. Siempre son iguales. Siempre son paralelas.

Justo antes de entrar en clase, acabábamos

de contarles lo de la lista definitiva y todo eso a Hinojar y García Cano.

Quedaban un par de horas para que se acabara el plazo de las votaciones. Y teníamos que hacer algo.

Lola estaba sentada en la primera fila, como siempre, y estaba guapa, muy guapa. Llevaba las coletas cogidas con unas enormes gomas de color azul muy oscuro sin lazos ni nada. Y cada vez que ella se movía, las coletas iban de un lado para otro y yo me ponía un poco nervioso.

Las dos coletas de Lola, desde luego, no eran paralelas.

Había llegado el gran día.

A las doce del mediodía se acababa el plazo para entregar las votaciones. Todo el mundo lo sabía y no se hablaba de otra cosa.

Lo que todo el mundo no sabía era que daba igual lo que votaran, porque ya estaba decidido quién iba a ganar en cada categoría.

Releí la hoja que Óscar había cogido de la mochila de Rodrigo y me fijé en las otras categorías. Las buenas. Esas en las que ni mis amigos ni yo habíamos aparecido nunca.

Y, por supuesto, Rodrigo estaba el primero en la de los más divertidos.

Su amigo Morenilla también estaba el segundo en esa misma categoría.

Y luego me fijé en la de guapas.

A lo mejor, este año estaba Lola. Como ahora se llevaba tan bien con Rodrigo...

Pero no. Lola no estaba entre las más guapas. Yo estoy seguro de que es una de las dos o las tres más guapas de todo el colegio, pero seguramente eso es sólo una cosa que yo pienso.

Si no la habían puesto ahí era porque no les había dado la gana, y desde luego daba igual lo que yo opinara.

—A ver, Matías, a la pizarra —dijo de golpe don Julio.

Yo le enseñé mi escayola, pero pareció darle igual.

—Vamos, a la pizarra, que no tenemos toda la mañana —dijo.

Metí la hoja de las votaciones en el libro de matemáticas con mucho cuidado y me levanté.

Don Julio me dijo que dibujara en la pizarra dos rectas paralelas.

Las empecé a dibujar con la mano izquierda, claro. En la derecha tenía la escayola.

Don Julio me dijo que explicara a todo el mundo por qué dos rectas paralelas, por muy largas que sean, no llegan a juntarse nunca en un punto.

Mientras las dibujaba, yo no estaba pensando en las paralelas, sino en las votaciones; no podía quitármelo de la cabeza. Pensé que las Votaciones de Fin de Curso se parecían mucho a dos rectas paralelas: uno no puede hacerlas cambiar por mucho que se lo proponga.

Siempre son iguales. Siempre son rectas. Siempre están los mismos, y a la gente yo creo que le gusta que siempre estén los mismos. Eso les hace sentirse bien: que cada uno esté en su sitio. Los empollones con los empollones, los pelmazos con los pelmazos, y así todos. Si un año, por ejemplo, Hinojar quedara el primero en la categoría de los más divertidos, todo el mundo se pondría muy nervioso y empezaría a dar gritos y a discutir.

De todas formas, eso no iba a ocurrir nunca. Uno puede confiar en las rectas paralelas y en las Votaciones de Fin de Curso porque siempre van a ser iguales, nunca van a fallar.

Pensé algo muy parecido a todo eso, y lo pensé muy rápido, y empecé a hacerme un lío pensando todo eso, pero a don Julio no le dije nada de las votaciones, claro.

Ya casi había terminado de dibujar las dos rectas. Lo que pasa es que ya he dicho que nunca se me ha dado muy bien el dibujo, y menos aún con la mano izquierda, así es que no me salieron muy rectas ni muy paralelas.

Don Julio dijo:

—Más o menos, son dos rectas paralelas.

—Más o menos —dije yo.

Y luego don Julio dijo:

—Bueno, entonces, ¿qué ocurre con esas paralelas?

Yo las miré y miré a Rodrigo, que me estaba mirando como diciendo: «Ni siquiera sabes dibujar dos rectas, pelmazo».

—Normalmente, dos rectas paralelas son equidistantes entre sí y nunca se llegan a juntar en un punto... Normalmente —dije de un tirón.

Y después volví a mirar el churro que yo había dibujado y dije:

—Lo que ocurre es que estas que yo he dibujado me han salido un poco torcidas, y me parece que tarde o temprano sí van a juntarse en un punto.

Intenté seguir explicando lo que quería decir, pero don Julio me dijo que me sentara y que tenía que aprender a dibujar un poco mejor.

Me senté.

Y miré a Óscar.

Ya estaba bien de rectas paralelas.

Había llegado el momento de actuar.

Tomamos una decisión.

García Cano estaba de acuerdo.

Hinojar estaba de acuerdo.

Óscar estaba de acuerdo.

Y, por supuesto, yo también estaba de acuerdo.

Durante el cambio de hora, seguimos a Rodrigo y vimos que entraba en el servicio, y nos metimos los cuatro detrás de él.

No había nadie más. Sólo Rodrigo y nosotros cuatro.

—Hola, Rodrigo —dije.

Rodrigo ni siquiera contestó.

Nos miramos los cuatro y Óscar dijo:

—Rodrigo, este año me gustaría estar en la categoría de los ligones en las Votaciones de Fin de Curso.

Rodrigo se dio la vuelta y en plan muy chulito, como siempre, le dijo a Óscar:

—Para eso tendrías que adelgazar unos quinientos kilos, cabeza cuadrada.

Después García Cano dijo:

—Pues a mí me gustaría estar en la de los más divertidos. Eso es lo que me gustaría.

Hinojar dio un paso al frente y dijo muy serio:

—Yo lo he pensado y quiero estar en la categoría de los matones. Sería interesante estar en la de matones.

Ésa sí que era buena. Hinojar, que nunca decía una palabra más alta que otra y que siempre estaba escondido detrás de un libro, entre los matones.

—¿Se puede saber qué mosca os ha picado? —dijo Rodrigo.

Yo saqué la hoja con la lista definitiva y se la di a Rodrigo.

Por un momento pensé que Rodrigo se iba a enfadar mucho al verla y que iba a decir que no sabía de qué estábamos hablando, y que incluso se iba a liar a dar golpes a todo el mundo.

Por un momento.

Pero en lugar de eso, hizo algo muy distinto.

Noté que le temblaban las manos un poco.

Ahora sí que nos miraba y nos prestaba mucha atención y no ponía cara de chulito ni nada.

Casi en voz baja, nos preguntó si se lo habíamos contado a alguien más.

—¿Se lo habéis contado a alguien? —dijo.

—De momento, no —dijo Óscar.

—De momento... —dije yo.

Rodrigo miraba todo el rato hacia la puerta del servicio como si tuviera miedo de que alguien pudiera entrar y pillarle allí hablando con nosotros.

Intentando parecer tranquilo, se lo pensó un segundo y, a continuación, dijo que habíamos ganado, que nos pondría en la categoría que nosotros quisiéramos.

En la de los divertidos, los guapos o los matones. O en ninguna. Lo que nosotros le dijésemos.

Dijo que cambiaría lo que hiciera falta.

Estaba dispuesto a hacer cualquier cosa que le pidiésemos con tal de que no le estropeásemos sus Votaciones de Fin de Curso.

Le habíamos pillado.

Y de pronto lo vi clarísimo.

Yo ya sabía en qué categoría quería estar ese año. Y por la forma en que nos miramos, creo que mis amigos también lo sabían.

Podíamos elegir.

Y eso era lo mejor de todo: poder elegir.

Por fin, la lista definitiva.

El viernes a las seis salió la lista definitiva de las Votaciones de Fin de Curso.

Para que todo el mundo la vea, la lista de las votaciones aparece siempre pegada en muchos sitios. En los servicios, en el patio, en los pasillos, en las columnas. En todas partes.

El jefe de estudios se enfadó mucho al verla.

Y fue clase por clase diciendo que eso de las Votaciones de Fin de Curso era una falta de respeto.

Y que si pillaba a alguien con una lista de ésas, se iba a enterar.

La hoja con las Votaciones de Fin de Curso de este año era muy parecida a la de todos los años. Sólo había algún pequeño cambio.

A la salida del colegio, intenté acercarme a Lola para felicitarla. Estaba la primera en la categoría de guapas.

Sin duda, era la gran sorpresa de la lista.

Quería decirle que sí que era la más guapa, y también quería que me pusiera una firma en mi escayola.

Martita y ella se reían mucho y estaban en medio de las columnas, rodeadas de un montón de chicos que le decían a Lola que ellos siempre habían pensado que era la más guapa, y también estaba Corderas, que había quedado el primero de los más guapos y también él se reía mucho.

Fue imposible acercarse a Lola.

Totalmente imposible.

Por lo demás, en la lista no había ninguna sorpresa.

Rodrigo pensaba que todo el mundo era igual que él. Que por poner a una persona en una categoría, esa persona era más importante que otra. Ese tipo de cosas.

Así es que si le hubiésemos dicho que nos pusiera a nosotros cuatro en las categorías de oro, habría sido lo mismo que darle la razón.

Voy a decir ya de una vez cómo quedamos nosotros en las Votaciones de Fin de Curso.

EMPOLLONES: Hinojar.

FEOS: García Cano.

CABEZAS CUADRADAS: Óscar.

PELMAZOS: Matías.

Le habíamos dicho a Rodrigo que nos dejara donde estábamos.

Y eso casi le había enfadado más que si le hubiéramos obligado a cambiarnos.

Se había quedado con la boca abierta.

Incluso intentó convencernos de que por lo menos aceptásemos desaparecer de las votaciones.

Pero le dijimos que no. Que nos dejara en las categorías en que él y sus amigos nos habían puesto, que eso era exactamente lo que queríamos. Y que no se preocupara, que no le íbamos a decir a nadie lo que sabíamos sobre cómo se hacía en realidad la lista de las votaciones.

Voy a decir una cosa muy importante y la voy a decir una sola vez, por si acaso luego cambio de opinión: no me importa que algunos piensen que soy un pelmazo.

Mis amigos, desde luego, no lo piensan.

Este año había sido todo muy extraño.

Al final había aparecido en la categoría de los pelmazos porque yo mismo había querido.

Y eso es totalmente distinto a aparecer porque te voten tus compañeros.

Era la mejor manera de ganar a Rodrigo, a Morenilla y a todos los que pensaban como ellos.

A partir de ahora, me daban exactamente igual las votaciones.

Había tardado mucho en darme cuenta, pero de pronto sentí que no tenía la menor importancia que alguien te llamase pelmazo o cabeza cuadrada si tú no lo eras.

Lo de poner a Lola entre las más guapas había sido idea de Óscar. Dijo que a ella le haría ilusión, y que le gustaba la idea de que fuera la más guapa porque él lo dijera, y que así cada vez que hablara con ella, con un poco de suerte, no se pondría tan nervioso. Yo creo que a Óscar también le gusta un poco Lola. Eso es lo que yo creo.

Rodrigo dijo que no entendía nada, pero por supuesto, hizo todo lo que nosotros le dijimos.

Después de clase, nos fuimos a merendar a casa de Óscar.

Fuimos Hinojar, García Cano, Óscar y yo.

Y ya no volvimos a hablar de las Votaciones de Fin de Curso. Estuvimos comiendo bollos de chocolate y bollos sin chocolate. Muchos bollos. Toda clase de bollos. Y luego mis amigos me pusieron sus firmas en la escayola.

Y también estuvimos hablando del partido del domingo. Un Real Madrid - Barcelona no se ve todos los días.

Y menos en el campo.

Ah, sí. Es que se me olvidaba contar lo de las entradas.

Por la mañana, antes de marcharme del servicio, le dije a Rodrigo que si no quería que contásemos todo lo de las votaciones, también tenía que hacer otra cosa: darnos las cuatro entradas para el Real Madrid - Barcelona que le había sacado su padre.

Al fin y al cabo, le habíamos pillado haciendo trampas y tenía que darnos lo que nosotros quisiéramos.

Todo eso de demostrarle que nos daban igual las Votaciones de Fin de Curso estaba muy bien. Pero además yo creo que habría sido de idiotas no pedirle también las entradas.

Por cierto, eran entradas de tribuna, las mejores de todo el campo.

En fin...

Índice

1 LUNES
Las Votaciones de Fin de Curso 5

2 MARTES
Matías es un inútil 29

3 MIÉRCOLES
Puré de verduras 47

4 JUEVES
El partido de fútbol 77

5 VIERNES
El empollón, el cabeza cuadrada, el gafotas y el pelmazo 101

EL BARCO DE VAPOR

SERIE NARANJA (a partir de 9 años)

1 / Otfried Preussler, **Las aventuras de Vania el forzudo**
2 / Hilary Ruben, **Nube de noviembre**
3 / Juan Muñoz Martín, **Fray Perico y su borrico**
4 / María Gripe, **Los hijos del vidriero**
6 / François Sautereau, **Un agujero en la alambrada**
7 / Pilar Molina Llorente, **El mensaje de maese Zamaor**
8 / Marcelle Lerme-Walter, **Los alegres viajeros**
10 / Hubert Monteilhet, **De profesión, fantasma**
13 / Juan Muñoz Martín, **El pirata Garrapata**
15 / Eric Wilson, **Asesinato en el «Canadian Express»**
16 / Eric Wilson, **Terror en Winnipeg**
17 / Eric Wilson, **Pesadilla en Vancúver**
18 / Pilar Mateos, **Capitanes de plástico**
19 / José Luis Olaizola, **Cucho**
20 / Alfredo Gómez Cerdá, **Las palabras mágicas**
21 / Pilar Mateos, **Lucas y Lucas**
26 / Rocío de Terán, **Los mifenses**
27 / Fernando Almena, **Un solo de clarinete**
28 / Mira Lobe, **La nariz de Moritz**
30 / Carlo Collodi, **Pipeto, el monito rosado**
34 / Robert C. O'Brien, **La señora Frisby y las ratas de Nimh**
37 / María Gripe, **Josefina**
38 / María Gripe, **Hugo**
39 / Cristina Alemparte, **Lumbánico, el planeta cúbico**
44 / Lucía Baquedano, **Fantasmas de día**
45 / Paloma Bordons, **Chis y Garabís**
46 / Alfredo Gómez Cerdá, **Nano y Esmeralda**
49 / José A. del Cañizo, **Con la cabeza a pájaros**
50 / Christine Nöstlinger, **Diario secreto de Susi. Diario secreto de Paul**
52 / José Antonio Panero, **Danko, el caballo que conocía las estrellas**
53 / Otfried Preussler, **Los locos de Villasimplona**
54 / Terry Wardle, **La suma más difícil del mundo**
55 / Rocío de Terán, **Nuevas aventuras de un mifense**
61 / Juan Muñoz Martín, **Fray Perico en la guerra**
64 / Elena O'Callaghan i Duch, **Pequeño Roble**
65 / Christine Nöstlinger, **La auténtica Susi**
67 / Alfredo Gómez Cerdá, **Apareció en mi ventana**
68 / Carmen Vázquez-Vigo, **Un monstruo en el armario**
69 / Joan Armengué, **El agujero de las cosas perdidas**
70 / Jo Pestum, **El pirata en el tejado**
71 / Carlos Villanes Cairo, **Las ballenas cautivas**
72 / Carlos Puerto, **Un pingüino en el desierto**
73 / Jerome Fletcher, **La voz perdida de Alfreda**
76 / Paloma Bordons, **Érame una vez**
77 / Llorenç Puig, **El moscardón inglés**
79 / Carlos Puerto, **El amigo invisible**
80 / Antoni Dalmases, **El vizconde menguante**
81 / Achim Bröger, **Una tarde en la isla**
83 / Fernando Lalana y José María Almárcegui, **Silvia y la máquina Qué**
84 / Fernando Lalana y José María Almárcegui, **Aurelio tiene un problema gordísimo**
85 / Juan Muñoz Martín, **Fray Perico, Calcetín y el guerrillero Martín**
87 / Dick King-Smith, **El caballero Tembleque**
88 / Hazel Townson, **Cartas peligrosas**
89 / Ulf Stark, **Una bruja en casa**
90 / Carlos Puerto, **La orquesta subterránea**
91 / Monika Seck-Agthe, **Félix, el niño feliz**
92 / Enrique Páez, **Un secuestro de película**
93 / Fernando Pulin, **El país de Kalimbún**
94 / Braulio Llamero, **El hijo del frío**
95 / Joke van Leeuwen, **El increíble viaje de Desi**
96 / Torcuato Luca de Tena, **El fabricante de sueños**
97 / Guido Quarzo, **Quien encuentra un pirata, encuentra un tesoro**
98 / Carlos Villanes Cairo, **La batalla de los árboles**
99 / Roberto Santiago, **El ladrón de mentiras**
100 / Varios, **Un barco cargado de... cuentos**
101 / Mira Lobe, **El zoo se va de viaje**
102 / M. G. Schmidt, **Un vikingo en el jardín**

103 / *Fina Casalderrey*, **El misterio de los hijos de Lúa**
104 / *Uri Orlev*, **El monstruo de la oscuridad**
105 / *Santiago García-Clairac*, **El niño que quería ser Tintín**
106 / *Joke Van Leeuwen*, **Bobel quiere ser rica**
107 / *Joan Manuel Gisbert*, **Escenarios fantásticos**
108 / *M. B. Brozon*, **¡Casi medio año!**
109 / *Andreu Martín*, **El libro de luz**
110 / *Juan Muñoz Martín*, **Fray Perico y Monpetit**
111 / *Christian Bieniek*, **Un polizón en la maleta**
112 / *Galila Ron-Feder*, **Querido yo**
113 / *Anne Fine*, **Cómo escribir realmente mal**
114 / *Hera Lind*, **Papá por un día**
115 / *Hilary Mckay*, **El perro Viernes**
116 / *Paloma Bordons*, **Leporino Clandestino**
117 / *Juan Muñoz Martín*, **Fray Perico en la paz**
118 / *David Almond*, **En el lugar de las alas**
119 / *Santiago García-Clairac*, **El libro invisible**
120 / *Roberto Santiago*, **El empollón, el cabeza cuadrada, el gafotas y el pelmazo**
121 / *Joke van Leeuwen*, **Una casa con siete habitaciones**
122 / *Renato Giovannoli*, **El misterio de Villa Jamaica**